令和純情

渡辺 英
WATANABE Suguru

文芸社

令《れい》和《わ》純《じゅん》情《じょう》

言葉にすればするだけ傷ついてしまう。
沈黙が答えの時もあり、
思いを言葉にせず、
心を漂わせる。
自分の殻に閉じ籠もるのでもなく、
思いを発散させる。
そして、慎重に、言葉を探ってゆく。
人は言葉に傷つく。
敗北が深ければ深いほど、エネルギーになる。
その人なりに頑張ればよいという甘い世の中でもなく、
人と競っている訳でもない。
唯一の救いは、言葉にはできない世界を信じ続けることである。

子供の頃は、皆、ある世界と繋がっていて、その世界を無意識に感じていたものだが、大人になると、皆、感じなくなる、と、そのように、私は思っていた。だが、そうではないのかもしれない。元々、その世界を感じることができる人とできない人がいるのかもしれない。通常、人は現実の世界のことしか話さない。人が近づいて来ると、あちらの世界の感覚は一瞬にして、消えてしまう。別の見方をすれば、それは、人間の特異性を実感させられる一瞬でもある。人は特異な生き物である。勿論、そうではないという主張もあるだろう。人間も、宇宙や大自然の中の一部に過ぎないと。

人の言葉では表現できない世界。

戦争は日常茶飯事である。戦争が日常茶飯事でなくなると、日常生活がつまらなくなる。

人間は贅沢である。過去と未来に行ったり、人が入れ替わったりする。過去と未来も含めて現実である。現実逃避も現実である。自分を終わらせればと思う人もいる。

自分は掛け替えのない存在である。この宇宙に一つしかない。ただ、人にはそれ程の違いはない。かなり人はお互いに似ている。法律があるのは、その為である。

人は恋をすると老ける。恋をしないと堕落していく。

人にとって未知のものがないということ程、苦痛なことはない。宇宙人の存在が救いである。

人は自分以外の事は少し分かる。本当の自分の事を知らなくても、世の中で成功を収めることができる。本当の自分の事を知らなくても、プロのスポーツ選手になることもできる。本当の自分の事を知らなくても、売れっ子の小説家になることもできる。この世はそういうものである。小説はフィクションである。嘘である。人は嘘を求める。

書くという行為が好きである。

佐賀平野、どこまでも善で、そんな小説が書けたら。

唯一の恋に出会うまで失恋を続けるのは、ある意味、理想的なのかもしれない。


人は生まれた時から死の宣告を受ける。

長生きすることが善いことなのか。

六十三才。私は小説家になる。

人の人生は心細い。ただ無知に救われる。無知であることの安心感。

民主主義の限界。それでも独裁国家とは戦わなければならない。


高齢化が進むと死への共有感が強まる。ただ秋雄《あきお》の場合は、状況がかなり異なっている。秋雄は七十九才である。

大家さんがアパートの住人を集めた。そのアパートには六世帯が暮らしている。大家は住人の親睦を図るために集めた。秋雄は言った。

「自分は七十九才で何とか一人で生活しています。皆さんに迷惑がかからないようにします。息をしている年寄りがいることを、心のどこかに置いておいて下さい」

杏奈《あんな》は思った。

『年取って一人暮らしは大変だ。優しくしよう。でもお年寄りが嫌いな人が多いだろうな。肉親ならともかく』
アパートは不思議である。皆、ほぼ同じ間取りで生活している。
杏奈は富山から上京して、一人暮らしをしている。
今時、大家がアパートの住人を集めて親睦を図るなど、聞いたことがない。

本気で泣かないと本気で笑えない。

杏奈はアパート暮らしが好きである。他の住人と仲良くしたい訳ではない。アパートの空気感が好きである。安心感がある。蓑虫が蓑の中にいるような感じである。

晴れると心が痛い。土砂降りだと、何故か、ほっとする。

最近、定一《さだいち》の独り言が多くなった。
「ビジネス上の大人の笑いには寒気がする。その大笑いで生き抜いてきたことは分かる。

いつ頃からその笑いを身に付けたのか。勿論、子供の世界も世間体の塊ではあるが。だから、すぐいじめが生まれる」

定一は精神科に通院している。今回の親睦会には参加しなかった。母は小学校の教員で、離婚して、一人息子の定一との二人暮らしである。定一は三十五才になるが、無職で結婚歴もない。都内の私立の大学を出て就職したものの、職場での人とのコミュニケーションが旨くゆかず、一年足らずで辞めてしまった。

定一の独り言は小難しい。

「才能と努力と環境。成功した音楽家。知らぬが仏は通用しない。マスコミは希有な成功を煽る。誰もが世の中で成功できればしたいと思っている。だが、そうはいかない。……学校生活の延長線上にサラリーマン生活がある。一体、何パーセントの人がサラリーマンになるのか。……人は、自然よりも遥かに存在感がある。人よりも自然の方が上であって欲しいと思ったこともある。人が自然の一部とは到底思えない。自然と人間の分裂感。自然と人間が調和しているとは思えない」

無邪気で純粋なこと、これよりも尊いことはない。

カブトムシが死んで、真夏が終わった。

自殺した小説家。でも、それはそれで絵になっている。私にとっては、それは雲の上のまた上の話。

希有なこと。無邪気で純粋なこと。


定一はテレビを見ながら呟き続ける。

「多くの人にとって、特に生涯をかけてやりたいような好きなことはない。それを求めるのは無理がある。テレビは特別に成功した人で溢れている。アメリカでも、アメリカンドリームを掴む人は、ごく僅かであることを、多くの人が実感している。アメリカの真実の姿。独裁国家に覇権が移れば地球は地獄化する。それも高度な地獄化だ。高度な地獄化では、自分が自由を奪われていることさえ気付かない。不完全な民主主義に守られている」


人はつらいから独り言を言う。

つらい時に、話し相手がいないので、人は独り言を言う。
人は、つらいので人と話す。
つらい時に、話し相手がいないことは、つらいことである。
独り言は、孤独を癒す。
ただし、独り言では孤独を癒し切れない。
良い話し相手は、お互いを癒す。
良い話し相手がいるということは、幸せなことである。

真実の幸福を実感した瞬間に、それが失われるのではないかと不安が生じてくる。
妬み嫉みで人は殺し合ってゆく。
永遠という言葉がある。多くの人は老いて死んでゆく。
人の生は宇宙の流れからすれば刹那である。
人間の不思議さを一瞬で感じる。

小説を書くということは、ある意味、雲の上である。

人生はすべて負け戦である。
この世の一線を越えることは誰にもできない。
神なしに幸福に生きる。
神なしに元気に生きる。
でも何故か私は、そういう人達から弾かれる。

好き嫌いで物事を判断している状態を幼稚と言う。
真剣は、どこか、幻想的である。
人生は、幻想と妄想がなければ、耐えられない。
そして、必ず、死という現実と遭遇する。

深刻な人が好きである。
人生は深刻だからである。

もの凄い勢いで心だけが流れている。

他の物は止まったままである。

「生きとし生けるもの――」と琴音《ことね》は叫んだ。琴音は十六才。高一である。心がある沸点に達すると、この言葉を叫んでしまう。いつの頃から叫び出したのかは覚えていない。

好きと愛。好きだからと言われて拒絶反応を起こす自分がつらい。

スーパーの駐車場で、車から降りれずに、定一が独り言を言い始めた。

「人は生きている。何だ。やっぱり無理か。心が開き切っている。この世の何にも焦点が当たらない。人が寄って来ると、何かに焦点を当てさせられる。寄って来る人以外には、焦点が当たらない。自分を客観視できない。自分を客観的に見ることに苦痛を感じる。……フィクションは要するに嘘の世界である。演劇もドラマも小説も嘘の世界である。嘘の世界に真実を感じる。何故、人は嘘の世界を作るのか？　現実に真実を見出すことができないからである。本当は、現実の中に真実がある。人はフィクションを見て、現実の真実に気付くのである。人からフィクションを取り上げたら、生きていけない。フィクションは人間を幸福にする。フィクションを仕事にしている人の割合は少ない。多くの人がフィクションを仕事にすれば、この世は成り立たない。この世が成り立つ場所には必ずフィクションが存在する」

笑いは真実である。苦笑い。含み笑い。冷笑。嘲笑い。高笑い。にこやか。ほくそ笑む。にやにや。微笑む。朗らか。大笑い。爆笑。

音楽はリアルそのものである。音楽なしに人は存在し得ない。

人には公にしていいものがある。この世の世界がすべてではない。今がすべてではない。人は時間を動かすことはできない。人が過去の世界に現実に行くのはフィクションである。

宗教がフィクションならば、人は宗教を信じることができない。この世の現実がすべてではないことを、人は本能的に知っている。

何も掴めない。何も当たらない。
サイレンの音には癒しの効果がある。
良いことは、必ずしも効率的ではない。
良いことは、必ずしも理性的とも限らない。

人は死んだら消えて無くなると言う。死んだ後のことは分からないと言う。だから生きている内に好きなように生きると言う。そして、自分の楽しい状態を求めて必死に生きている。だが、死んだ人は、決して、消えて無くなってはいない。魂は存在する。そうでなければ魂という言葉は存在しない。

人には完全になりたい心の望みがある。

愛があるので人は永遠を感じる。
永遠を否定するということは、愛が冷えている証拠である。

古代人は、今の私達に驚かない。
人には奇跡的な順応能力がある。
古代人の魂は生きていて、私達のことをよく知っている。
文明が過ぎ去っても、人には変らないものがある。

病気の苦しみは避けられない。
生は喜びである。
現世には限りがある。
悪い言葉がある。悪い力も働いている。

男と女は分かり合えない。
分かり合えなくても愛し合える。
互いに愛し合うとは、互いに理解し合うことではない。
所詮、人は分かり合えないものである。
ご理解を求めるだけの政治の世界は、愛の冷えた世界である。

理解を求めるだけの世界は、終わりのない地獄である。
理解を求めると、愛は終わりである。
理解しなくては、と思ったら、愛は終わりである。
すべてを飲み込んで、命を捧げる。

定一はテレビを見ながら、また、訳の分からない独り言を言い始めた。
「テレビは最大公約数である。テレビは旬を見極める。肉体が最も美しい世代に焦点を当てる。それ以外の世代は脇役に回る。それでも現役の最後まで主役の役者もいる。……映画監督は、あまり映画を見ない。確かに映画を見ないと不安になる。でも自分の感情が強すぎて、それに抗することができない。いろんな芸術に触れたいが、自分の中から吹き出るものに身を任すしかない。だから、一つ一つの作品は、博打のようなものである。常に、自分の作品に対して恐れと不安がある。自分を信じるしかないが、奈落の底に落とされる恐怖もある。ただ、テレビのような、最大公約数的なドラマになるよりは、ましである。そう思うと、お金のために映画を作っているのではないことが、よく分かる。視聴率のストレスもない。確かに、複数の人が話し合って良い作品になっていくのは事実である。ただ、その良い作品ではどうしても到達できないものがある。それは、唯一なる、人一人の生き方と夢と感性である」

テレビドラマも映画も、原作モノで溢れている。
複雑で難解な文章やドラマは退屈である。
文学は参考にならず、記憶にもないが、心に根付いている。
読んだことには間違いない。

恨み、つらみは、何一つ良いものをもたらさない。

統計的に、死は当たり前であるが、一人にとっては一大事である。生あるものは必ず死す。当たり前のことだが、一大事である。人は死ぬ。この一大事に、個で向かい合う。

人生とは何か。多様性と言う。

人はそんなには違わない。だから、共鳴するし、共感できる。
人はそんなには違わないので、一周回っても、つらいものはつらい。

おばあちゃんが死んだ。琴音は納得できなかった。今まで生きていたおばあちゃんが、跡形もなく消えてしまう。そんなことが納得できる筈もなかった。ただ、現実が過ぎてゆく。誰も、人の死を受け入れられない。ただ、現実が過ぎてゆくのである。どうして人は死ぬのか。何故、死ななければならないのか。

故意に人を殺さない限り人が死ななかったとしたら、人類はとうに滅亡していただろう。自然の摂理と言えば摂理だろう。生物の摂理とも言えるだろう。誰も納得はしないが、そうなっている。でも、利己的な目的で生物が存在しているのではないことは確かである。

琴音は、「生きとし生けるもの――」と、思い切り叫んだ。琴音からすれば、おばあちゃんの生は、おばあちゃんの生である。他の誰のものでもない。おばあちゃん以外におばあちゃんはいない。誰もおばあちゃんに代ることはできない。

愛は永遠のものである。皆、刹那に生きているので、愛が難しくなった。永遠の愛は、世の中には合わない。日本人は真面目に考えるので、永遠の愛を口にすることを憚る。世俗の人間が永遠の愛を口にすることを、憚る。

おばあちゃんは七十三才だった。早すぎる。全然、平均寿命にもいっていない。美人薄命？　ただ、人は人が死ぬと、特に愛していた人が死ぬと、その人の人生を、その人の生き方を肯定したいと思う。そうでなければ遣り切れない。

これから、生前葬が増えるだろう。

生前葬をしても死への理解が深まる訳ではない。

人間の心の現実と繋がっているものがある。それはこの世ではない。そもそも、この世とは何か。

酷評から始まる。

人は、時間すら止められない。

赤の他人だから恋をする。

夫婦が肉親になったら、生理的に受け付けない。

夫婦になっても、最後まで恋人同士でいられたら……。


「未来人が過去の世界に来ていることはないの？」

「未来人が過去の世界に来ていることはないんだ」

「じゃ、どんなに科学技術が進歩しても過去には行けないんだね」

「それは違う」

「違うって？」

「実は、過去に行くことは可能なのだ」

「え！　本当ですか？」

「本当だとも。この宇宙には四次元の履歴がある」

「四次元の履歴？」

「そうだ。四次元の履歴だ。すべて、これまでに起きたことは残っている」

「……」

「ただ、現在の科学では解明はできないのだ。でも、二次元の世界が三次元から変えられるように、四次元の世界も、それよりも高次元の世界から変えられるのだ」

「ふ〜ん。でも変えられるんだったら、どうして未来人は過去の世界に来てないの？」

「どうしてだと思う？」

「人類がそこまで進歩しなかった？」

「そう。ということは？」

「え、何か嫌な予感がしてきた」

「まぁ、人類がそこまで進歩する前に滅亡したか、何かが起きたんだ」

「でも、未来って、まだ来てないでしょう？」

「いや、未来はもう終わってるんだ」

「はぁ？」

「未来は過去なんだ」

「未来が過去？　何を言ってるんですか？」

「未来人が来てないってことは、もう未来は終わってるということなんだ」

「……」


カレーが食べたい。

胡桃パンの幸せ。

これが我が家。


「ただ、希望がない訳ではない」

「希望？」

「そう、未来がたとえ終わっていても希望はある」

「どういうことですか？」

「たとえ、未来が終わっていても人の魂は残り続ける」

「人の魂が残り続ける……」

「そう、人の魂は不滅なのだ」

「そうか。人の魂が存在する限り何かが始まるのですね」

「人の魂には想像力がある」

「想像力？」

「そう。想像力だ。例えば、アニメに描かれている世界は、すべて実現する」

「え？　どういうことですか？」

「つまり、人が想像することはすべて実現できるということだ。ＡＩも人の想像の賜物だし、逆に言えば、人には実際に実現できないことを想像することはできない。役者が自分の中に存在しないものを演じることができないのと同じだ。だから、タイムマシンも可能なのだ」

「何か、わくわくしてきた」

「この世は大事だ。大切なステップとしては。ただ、この世がすべてではない」

「一人の人間が、この世にいる間は、百年いれば長い方だしな」

「人は自分という人間しか経験できない。たとえ、人が入れ替わったとしても、自分という存在には変わりはない。人にとって魂はオリジナルなのだ」


人の魂は皆、繋がっている。だから、好き嫌いが生まれる。

人の魂は皆、繋がっている。だから、苦悩する。

人の魂は皆、繋がっている。だから、自由を求める。


「人の一生って、何かおかしいと思ったことはない？」

「おかしい？」

「人の一生って、時間をやり直すことはできないよね」

「まぁ、過去には戻れないからね。人生は片道切符ってことだね」

「そう、それって、おかしくないかい？」

「そうね。何か知らず知らず年を取っていって、押し出されていくというか」

「本当の意味で、人生はやり直すことができない。時間を戻すことができないからね」

「でも、それは誰もが受け入れていることだよね。当たり前に」

「でも、よく考えてみると、時間が戻れないということは、すべてが決まっているということなんだ」

「確かに、やり直すといっても、時間は進んでいるからね」

「相対性理論で、光速に近づく程、時間が遅くなることがあっても、過去に戻る訳ではない」

「でも、すべてが決まっているというのには、抵抗があるなぁ」

「それは、人には時間を超越した能力があるからなんだ」

「時間を超越した能力？」

「全部、人の一生は決まってるんだけど、人には時間を超越した想像力がある」

「それが、アニメや小説を生み出す」

「そう。そして、それらは時間を超越するのだ。だから、人は、未来でも過去でも感じることが自由にできるのだ」

「人の一生は短いけれど、不思議だなぁ」

「人間は神々しい存在なんだ」

「神々しいか」

「そう、神も存在する」

「神が存在する？」

「そう、だから宗教がある。神という言葉があるということは、神が存在する証拠なのだ。だから、すべての宗教は尊ばれなければならない。イスラム教も仏教もキリスト教も、アフリカの宗教も、ヒンズー教も、神道も尊ぶ必要がある。いずれ、科学も宗教を認める。いや、宗教に、つまり、神の存在に至らざるを得ないのだ。ただ、科学がそこまで行き着く前に、何かが起きるかもしれない」

「何か懐かしい。……でも、仏教も神を信じていますか？」

「仏教も神との対話がある。実は、仏教は完全には説かれてはいないのだ。仏教の世界には未知のものが多数残されている。……人は何のために存在していると思う？」

「またぁ……。深遠な質問をしてくる……。普通に、幸せになるためだと思うけど」

「そう」

「一周回って、何も変らない気もする」

人一人の死。

人一人の価値と言ってしまえば何だけど。

良いことには、すべて共感する。

人に執着しない。人は消えて無くならない。

悪い心の人達から笑いものにされる。

この世は平穏に見えるが狂気の沙汰である。


川柳？

「こんな筈じゃなかった我が人生」

でも、そう思えるということは、まだ、人生は、終わってはいない。

「禿げただけで自分を保てず狼狽える」

見た目は、死ぬほど気になるけれど、人は、未だ、完全なるものを、見てはいない。


悪い力が存在する。

こんなに空は青いのに、人は死んでゆく。


禅問答のように、若い頃の恋愛が問いかけてくる。

「美恵は僕に恋してる？　例えば、僕が、すごく仕事に成功してお金持ちになっても、逆に仕事が旨くいかずに、とんでもない貧乏生活を強いられたとしても、僕と一緒にいたい？」

彼女の好きという思いに水を差すことはできない。自分も好きだが前に進めない。前に進めない理由を、あれこれと考えてしまう。本当は前に進みたいのに、前のような本当はどうでもよい質問を考えてしまう。彼女が好きで一緒になりたい。でも心の流れに逆らうこともできない。

心の流れとは何か。何故、人は出会うのか？

恋をも超越する力とは何か？　そんなものはない。

恋愛が最優先。しかし。

神なのか？　神の存在？　神の使命？　何それ。

宿命と運命。神の定め。葛藤している訳ではない。心ははっきりしている。何故なのか？　何故こんなにも、心がはっきりとしている？

別の女性と結婚する必要がある。まだ、その女性に出会ってもいないのに。

じゃ、何故、この女性と出会う必要がある？

「単に、相性じゃないの」

「縁というものじゃないの」

自分の才能のなさに、愕然とする。
這い上がれない。
日本が晴れる。
間が大事である。日本は間である。
日本には居間がある。大広間がある。応接間もある。
それから欄間、間取りと言う。
漫才も間である。間は瞬間芸である。
日本人は間で生きていると言ってもよい。
どこまでも、自分の才能を信じる。
自分の才能を否定することは、神を否定することである。
確かに、無神論者もいる。
人間は自由である。
しかし、その自由が人を不自由にしてしまう。

修正していけばいいんじゃない。
間違いは誰にでもあるよ。気にはなるけれど。
苦さを経験しなくてはいけない。
言葉に打ちのめされ、言葉に救われる。
時間が止まれば人は死ぬ。
人が生きるために時間は進んでいる。
動きが止まると鮪が死ぬように、時間が止まると、人は死んでしまう。
極端にならない。極端は楽だが、幸福は極端ではない。

いつのまにか、彼岸花が咲いている。

人間の本質は同じかもしれない。
でも、どうしても民族の違いを感じてしまう。
人間には寂しさがあり、孤独がある。
自分を信じなければ、この世の一生を全うできない。

真っ当に生きている人を、揶揄してはいけない。

この死ぬべき肉体がある限り、自分から逃げることはできない。そして、たとえ、肉体が滅びても、魂から逃げることはできない。

「何故、自殺する人がいると思う?」

「どうしようもなく、追い詰められたんだと思います」

「何故、人は人を追い詰めると思う?」

「環境かなぁ?」

「環境? どんな環境?」

「親子の環境もあるような気がする」

「簡単に言うと、人を追い詰めると楽しいんだよね」

「そう、楽しみだからやめられない」

「人の不幸が楽しいというか」

「人の不幸は蜜の味と言いますからね」

「相手が自殺したら、してやったりと内心は思うんだね」

「なんて、卑劣で残酷なんだ」

「そう、卑劣で残酷だ。人は、卑劣で残酷になる可能性がある」

「最悪の可能性です」

「どんなにいじめられても生き残っていく人もいる」

「いじめは卑劣で悲しいけれど、生き延びる術は必ずあります」

「そう。そこで質問だが、人は清濁併せ呑むことが、本当にできるかということだ」

「清濁併せ呑むですか。偉そうな人が、時々、言う言葉ですね。まぁ、偉そうに見える人程、人間的には駄目な人が多いですよね」

「そう、清濁併せ呑むは、詭弁なんだね」

「何か、清濁併せ呑むと言っちゃったりすると、酸いも甘いもかみ分けてって感じもしますが」

「実は、汚いことをする言い訳に過ぎない。確かに、清濁併せ呑むという言葉で、人生が楽になったように感じることもあるかもしれないし、自分の度量が大きくなったような錯覚を抱くかもしれない。だが、本当は、あぶくのような世の掟に迎合するだけなのだ」

「無邪気で純粋に生きたい！」

鉄道は、遠くで思う。


完全に自由な人はいない。

悲しいかな、死までも自分の人生を演出するなんて。

死ぬ時でさえ、人生の意味は分からない。


青春とは、分からないことに喜びを感じることである。

永遠を感じないと、真の喜びはない。

清濁併せ呑むことはできない。


「中庸って、分かる?」

「偏らない心?」

「そう、どっちつかずということではないんだ。中庸には、すべてがある」

「人は偏りやすいよね」

笑いは善にも悪にもなる。

笑いたくて仕方がないの。

できるなら、いつも、ずっと、笑っていたいの。

脳天気も受け付けない時代。

脳天気も言いようである。

今見ている世界とは別の世界がある。

子供の時から、それは感じてきた。

それが、当たり前だと思っていた。

思春期から大人になる時に、そのような思いが消えることはなかった。

「離人症じゃないの？」

「精神的な病は、まだ完全には解明されてないんだ。いろんな病名があるけれど、それは、現象的な病例として、病名が付けられている。実際、精神的な病を完全に治療することはできない。だから、完治もしない。現象を和らげることしかできないのだ。そして、そもそも、肉体的にも精神的にも完全に健康な人など、いないのだが」

「そう、でも、別の世界があるって言うけれど、何かオカルト的な感じじゃないの？」

「何も、オカルトを連想する必要はないよ」

「何か怪しい」

「確かに、それを感じるのは一人の時だけだからね。令和になって、前段は端折るんだ」

「前段って？」

「これまで起きて来た、いろんなことだよ。令和の天皇が、日本のために重大な決心をするかもしれない。この令和に、日本で何かが起こる」

「何が起きるの？」

「次元が変るというか」

「生まれ変るの？」

「そう、新しい時代が始まる」

「天皇の重大な決心って何？」

「天皇が成就する。天皇が完成すると言った方がいいかもしれない。日本人にとっても、また、世界にとっても、おめでたいことなんだ。神道が成就するんだ」

日本人は、繊細である。特に、宗教に対して繊細である。

たとえ『古事記』を読まなくても、心の中に、それを感じている。


日本にはキリシタン弾圧があった。本来、日本人は宗教に寛容なのだが。

日本の成り立ち。神道の本当の意味。

日本人は物事に慣れることがない。四季があるので、常に変化に順応しなくてはならない。過去のことは水に流していく。日本は昔から自然災害が多い。自然の中に神の力を感じてきた。


人が分裂する。人類が分裂する。人が二分される。

アメリカと韓国で、それが起きている。

日本では起きないだろう。

国民性が違う。

日本人は空気を読む。

そして、落としどころを見つける。
日本では、二大政党制は根付かない。
日本人は分裂を選ばない。

政治と経済では物事解決はしない。
今後、大きな自然災害や政治的な変動で、一日にして日本の環境が変るかもしれない。

交わらない。交われない。
交われないことがあっても、自分に正直に生きる。
それは、拒絶ではない。
開き直ることもできず。
何故、日本は先進国ではなくなったのか。
元々先進国ではなかったということか。
地球規模の行き詰まり。

「これって、小説なの？」

「完結した物語って何？」

「人が作り出したストーリー」

人が作り出したストーリーがすべて更新され仕分けられる。


現代社会は、死までも管理される。

何でも映像で見せればいいと言うものじゃない。

ある水準の美に達した女性が、それを維持するために金と命を懸ける。

都会は管理社会である。

強烈な視線の下で成り立っている。

地球が人間で管理されたら、管理下の人は、滅びる。

完全に行き詰まったところから始まる。

善と悪の戦い。善と悪がはっきりと区別できている内は大丈夫である。

善と悪が分からなくなると、滅亡が近い。

俗人にならないと、いじめられる？

音楽に救われる。

管理社会の恐怖。

民主国家でも管理社会は進んでいる。

宗教と良心。

真の宗教は、自由意志と良心を侵害しない。

季節は止まらない。

幼子を見ると、愛に満たされる。

皆、そんなには違わない。


「人はどうして生まれて来るの？」

「どうして、山に登るの？　って、質問があったね」

「そこに山があるから」

「その時に、その場所に、人は生まれて来る。子供の頃、自分が存在しているだけで嬉しいと、よく感じていた。それが、生まれて来る理由なんだろうね」

子供の純粋な疑問。
心のすべてが打ち砕かれる。

真っ当な仕事をして、お金を稼ぐ。
これは、本当に大変なことです。
自分の中から湧き出てくるもの。
自分の中から湧き出てくるものを信じ続ける。
人には、いろんな道しるべが与えられる。
言葉は単にコミュニケーションの道具ではない。
外国語を学ぶということは、その国の文化、その国の人々の生き方を学ぶことである。

十代の時に、癌で亡くなる人もいる。
平均寿命くらいまで生きて、亡くなる人もいる。

いずれにしても、人の生は、花火のように儚い。

生きてることが楽しい。
愛することが嬉しい。
でも、突然、死が襲ってくることがある。

人の一生には限りがあることを、実感する。
そして、人の一生は短いことを、実感する。
大人になるとは、短い人生の一瞬一瞬の尊さを、実感することかもしれない。
多くの人は、病院のベッドで、ただ一人で死ぬ。看取るために、周りにいる人も、
いずれ、一人で死んでゆく運命である。
これらのことを、実感できない間は、大人とは言えない。
すべての人の人生は短い。
人生は長いという人に騙されてはいけない。
百年など、あっという間である。

最後まで愛するしかないが、
負けてたまるかとも思うが、
死ぬ覚悟がない。

死が、恐ろしい。

死ぬまでの、苦しみが、怖い。

最後は死ぬという、苦しみが、怖い。

突然、殆ど苦しみもなく、死んでゆくことも、あるかもしれないが、できれば、いつまでも、元気で、老いることもなく、生きていたい。

誰もがゆく道と言われても、何の慰めにもならない。

死んだら肉体は自然に還るが、魂はどこへゆくのか?

死んでも人の記憶に残ってゆく。

記憶からも消えてゆく多くの魂がある。

死は必然なので、生きる確かな意味が欲しい。

死を恐れないことが、勇気なのか。

死を恐れることが、臆病なのか。

欲望のためではなく。

生と死のことを、誰も、本当は知らない。

生まれたばかりの赤ちゃんが、死にたいと、感じるだろうか。

生まれつき、死にたい人はいない。

自殺する人は、生まれつきではない。

人は、永遠に生きたい。


壮絶な実体験を、そのまま綴る。それを超える小説などあるだろうか。

あたかも、日常生活を描写しているような、小説を書く。でも、小説は嘘である。

リアルな嘘に、人は魅せられる。

「嘘を、あたかも、現実のように描写するのが、小説でしょ？」

「すべてが嘘ではないけれど、必要嘘が、人間には必要なんです」

「現実は厳しいので、現実を直視せずに、少し、逃げ道を作る」

「本当は、事実は小説よりも奇なり、だもんね」

多くの小説は、マイノリティに焦点を当てる。マイノリティの中にある、人間の本質と共感と面白さを、浮き彫りにさせる。日常生活のマイノリティを、リアルな嘘で描く。

小説家の使命。物書きの使命。
長編を書くステータスとプライドと自信。
人の小説を評価する。場違いはすぐ分かる。地球が場違いの人はいない。
畑違いと言う。人の小説を評価する。想像しただけでつらい。
それが、楽しい作業の筈がない。
批評家に屈した時点で才能はない。批評家に屈服しない限り、才能は開花する。
実体験の文章に圧倒されながらも、筆を進めなければならない。
「性」を強要される文章は、心が痛い。
男女の性を完全に分かるのは、神以外にいない。

「清さって何?」
「心が正直であることだ。良心が麻痺しないことだ」

「清い人っているの？　皆、清濁併せ呑んでんじゃないの。偉そうに言っているあなただって、清濁併せ呑んでんじゃないの」

「確かに、清いという言葉がある。『清い』とか、『純潔』という言葉が死語になったら、この世は滅びる」

「それで、人類は滅びるの？」

「地球は正直だからね。地球は素直に反応する」

知らない内に死語になった言葉がある。

地球も生きている。

「地球は星なので、いずれ、滅びるのではないの？」

「人間の存在に関係なく、地球が滅びることはないんだ。ただ、地球と人間の密接な関係は、まだ解明されていない」


生き方のマイノリティの中に、自分の道を見出そうとする人がいる。でも、物事の本質に変わりはないので、マイノリティに生きるのも、マジョリティの中で生きるのも、同じである。

「何で、男性の引きこもりが多いと思う?」

「まぁ、今、世の中に出て働くのが厳しいからじゃないですか」

「そんなに、働くのって、厳しいですか?」

「自分のやりたい仕事に出会わないと言うこともあるでしょうけどね。ガラパゴス的な幸せを求め過ぎて社会に馴染めなくなってたりして。それと、生活環境や食べ物の影響もあって、発達障害になる人も増えているとかで、そういう人達の社会適応が難しくなっているのかも」

「うん。でも、引きこもりの一番の理由は、そういうことではないんだ」

「じゃあ、どういうことなんですか?」

「母親にとって、息子が自立してもらったら困るからなんだ」

「自立してもらったら困る?」

「そう、息子の世話ができなくなるからね」

「でも、一人前になって、自立をしてもらうことにこそ、母親としての喜びがあるんじゃないですか?」

「まぁね、もし、殆どの母親がそうならば、とっくに、社会は破滅しているよ。でも、自分のために永遠に自分のところに置いて世話をしたいと思う母親が、一定数いるんだ。それも、引きこもり件数からして、そんなに少なくない数いるのだ。仮に、一パーセントが引きこもりになるとしても、かなりの人数になる」


母と息子。それは魂の絆。

そこには、誰も立ち入ることはできない。

子供の頃、コフキコガネとかぶと虫の雌を間違えた。

カブトムシの雌はいい匂いがする。母の温もりのように気持ちが落ち着いてくる。

この匂いに雄が寄って来るのだと確信した。


「でも、自分が死んだら、息子がどうなるか、心配してるって言うじゃないですか?」

「そう、確かに、罪悪感もあるかもしれないし、実際、そう思うのかもしれないが、本当は永遠に、息子と離れたくないのだ。そっちの欲望の方が勝ってしまうんだ」

「でも、いくら母親がそうでも、息子の自我が芽生えれば、自分勝手に、自立していくものでしょう」

「だから、大半は大丈夫なんだけど、引きこもりが、これだけいるということは、そういうことなんだ。そして、嫁に息子を取られたくないという、心理も働くんだ」

「まだ、結婚もしていないのに」

「そういう女性にとっては、息子が生まれた瞬間から、嫁と姑の戦いが始まってるんだ。息子は自立してもらっては困るし、結婚されても困る」

「何て、自分勝手なんだ」

「相手が母親だから、これは、厄介なんだ」

「息子はいろんな意味で屈折するだろうね」

「今、また、恋愛も厳しくなっている」

「袋小路だね」

秋雄が言った。

「私が引きこもりの成れの果てです」

「寺島《てらしま》さんは、今、どうやって暮らしているんですか？」

秋雄の名字は寺島という。

「生活保護です。両親とも亡くなり、一人っ子ですから」

それでも、九十九パーセント位は引きこもりにはならないんだし、社会は普通に回っていくんだよね。

親子には甘えがある。夫婦には甘えがない。嫁と姑には甘えなどある筈がない。

大阪は人間関係が近い。

大阪の母親と息子の仲の良さは、笑いを超えている。

大晦日に令和の鐘が鳴る。

原山《はらやま》アパートの住人は、大家の思いが通じたのか、しばしば集まるようになっている。ただ、話をするのは集まった時だけで、普段は挨拶程度である。あまり日常生活に立ち入ったりはしない。

アパートで猫を飼うのは許されている。何故か、犬は駄目である。

人は完全には、分かり合えない。でも、温もりを感じ合うことはできる。

唯一の恋と赤い糸を舐めてはいけない。

結婚して、子供ができて、浮気もせず、離婚もせず、家を買って、孫もできる。そして、年老いて、死んでゆく。


古いアパートには、訳ありの人が集まっている。

人間の掃き溜めのような感じもする。

人生の掃き溜めと言ってもいい。


杏奈は、もう、三十である。

おばあちゃんが亡くなり、お父さんと二人暮らしになった琴音は、杏奈と親しくなった。

杏奈も琴音も秋雄も定一も、一人っ子である。

まぁ、よくも、一人っ子が集まったものである。

テレビでは大家族を見る。杏奈は思う。

『ほどほどがいい』

その、ほどほどが難しいのである。

丁度いい。

私の話に、アパートの住人は結構、乗ってくる。話には、特に信憑性はないのだが。

日常生活が夢の実現ならば、これ程、幸福な人生はない。

ただ、日常生活は、小説にはならない。

エンターテインメントがあぶくのように、生まれては消えてゆく。その刹那の喜びに、人は酔う。そして、昔を懐かしむ。

どうしても、人の人生を引いて見てしまう。

下賤と、よく言われた。下賤と言う時の感情は伝わってくるが、下賤の本当の意味は分からなかった。人として、私は下賤と言いたい存在だったのだろう。意味も分からずに、その言葉に納得していた。何か、下賤な自分を立ち位置にすると、居心地が良かった。

この世の世界ではない世界との繋がり。

芸人の哀しさ、役者の哀しさ。
芸人も、役者も、普通ではない。
旅芸人の映画があった。
年を取れば取る程、沁みる映画がある。
そこに留まれない。そこに留まったら、生きてゆけない。

令和の音楽が響く。
新しいミュージシャンが生まれてくる。

私は妻と猫の三人暮らしである。物理学と映画が好きで、そんな私が十代の後半に恋愛をして、何故か、文学に目覚める。政治と経済の本を読んで、宗教の本を読んで、インドを旅して。

家の猫は通常、妻から鰹節を貰う。私が台所にいる時に、鰹節を貰おうとして寄ってきた。私に振り向き、上目遣いに見て、この人は鰹節をくれる人ではなかったといった目をした。しかし、猫は慣性の法則に従う。しばらくは、鰹節をおねだりする振りをする。


私の独り言は続く。


東日本の津波の時に、ノアの箱舟のことを思った。不謹慎かもしれないが、ノアの箱舟のことを思った。正確に言えば、津波を経験して、生き残った人の中に、ノアの箱舟のことを思った人がいたのではと思った。

熊本地震を経験した。

人は人が救うしかないという、人間の驕り。

確かに宗教は怖い。マインドコントロールは怖い。

でも、人は、神なしに生きられるのか。

敬虔なる神への祈り。

神の存在。生きる意味。

神はすべての生き物の死をご存じである。


「どうして、人口が減っていくの？」

「まぁ、淘汰だね」

「淘汰？」

「生き残り大作戦ってとこかな」

「生き残り大作戦？」

「本能的に、強いＤＮＡが生き残ろうとする。分かりやすく言うと、生活力の強い男性だけしか生き残れないとする。女性は本能的に強いＤＮＡに群がる。生活力の強い女性に男性が引き寄せられることも勿論ありますが、要は、それだけ、日本の危機が迫っているってことなんだ。性的マイノリティの人達の多くも弱者のままだし、経済的困窮の中で、喘ぎながら子育てをしている人が多いのも現実なのだ」

「要するに、弱者は生き残れない？」

郵便はがき

料金受取人払郵便

新宿局承認

7553

差出有効期間
2024年1月
31日まで
（切手不要）

160-8791

141

東京都新宿区新宿1－10－1

(株)文芸社

愛読者カード係 行

お名前《ふりがな》		明治 大正 昭和 平成 年生 歳	
ご住所《ふりがな》	□□□-□□□□		性別 男・女
お電話番号	（書籍ご注文の際に必要です）	ご職業	
E-mail			
ご購読雑誌（複数可）		ご購読新聞 新聞	

最近読んでおもしろかった本や今後、とりあげてほしいテーマをお教えください。

ご自分の研究成果や経験、お考え等を出版してみたいというお気持ちはありますか。

ある　ない　内容・テーマ（　　　　　　　）

現在完成した作品をお持ちですか。

ある　ない　ジャンル・原稿量（　　　　　　　）

書　名				
お買上 書　店	都道 府県	市区 郡	書店名	書店
			ご購入日	年　　月　　日

本書をどこでお知りになりましたか?

1.書店店頭　2.知人にすすめられて　3.インターネット(サイト名　　　　　　　　)

4.DMハガキ　5.広告、記事を見て(新聞、雑誌名　　　　　　　　)

上の質問に関連して、ご購入の決め手となったのは?

1.タイトル　2.著者　3.内容　4.カバーデザイン　5.帯

その他ご自由にお書きください。

(　　　　　　　　　　　　　　　　　　　　　　　　　)

本書についてのご意見、ご感想をお聞かせください。

①内容について

②カバー、タイトル、帯について

弊社Webサイトからもご意見、ご感想をお寄せいただけます。

ご協力ありがとうございました。

※お寄せいただいたご意見、ご感想は新聞広告等で匿名にて使わせていただくことがあります。

※お客様の個人情報は、小社からの連絡のみに使用します。社外に提供することは一切ありません。

■書籍のご注文は、お近くの書店または、ブックサービス(0120-29-9625)、セブンネットショッピング(http://7net.omni7.jp/)にお申し込み下さい。

「そう、つまり、それ自体が大きな問題なんだ。いや、それこそが、大きな問題なんだ。なんだかんだ言っても人間は愚かではないので、空気を読んでしまう。日本の人口は半分位に減るって言われている」

「全体的に日本が弱体化してしまう？　最近では、恋愛も結婚もしない人が増えているとも聞きますし」

「地球全体を人間が管理しなくてはいけない時代がやってこようとしている」

「それは、必然ですか？」

「これから、いろんな力が働いてくる。人間は個人レベルで選択を迫られる」

「未来は決まっているんですよね」

「うん。人の言葉を超えた力がある。まぁ、現代版、ロミオとジュリエットだね。あり得ないような状況の男女が恋に落ちる。例えば、精神的な障碍のある男性と健常な女性が、恋に落ちる。男女が逆の場合もある。杏奈と秋雄が恋に落ちる。いや、要は、誰と誰と言うことではないけれど、永遠の中で、唯一の恋が、起きる」

成るようにしか成らん。

好きなように生きればいい。

自分の人生は自分で決める。

とやかく言われることはない。

ただ、人知では計り知れない巡り逢いが、男女にはある。


杏奈は密かに定一に思いを寄せていた。

アパートの集まりで時々顔を合わせていた。

『独り言を言うと言うけれど、私といたら直るかもね。でも三十五で無職じゃ致命的だし、女三十甘い考えは捨てよう。やっぱり、子供を産んで育てたい。友達と時代遅れの合コンに出てでも、何とかいい男をゲットしなくては。条件が揃わないと恋にも落ちない。もう、恋を言う年でもないか。この一、二年がラストチャンスだし、女に磨きを掛けよう』

マッチングアプリは自分にはリアル過ぎて。合コンの嘘くさい雰囲気が何故か、楽である。

実は、定一は杏奈に一目惚れだった。このままだと、ストーカーになりそうな勢いだった。

何か、世の中ぎくしゃくしている。
誰もが、時代の歪みを抱えている。
まぁ、この世では選りに選ってということが、よく起こる。
誰かが仕組んだとしか考えられない。
男三十五になっても、一目惚れをする。
新婚のエネルギー。それはそれで。
人は自分の人生を生きるしかない。

スポーツに熱狂して、すべてがぶっ飛んでゆく。

オオゾウムシは珍しい。
何十年振りだろう。オオゾウムシを見つけた。

現在、昆虫の生態を観察している学者はどの位いるのだろう。家にやって来る昆虫の数が激減している。

虫が出てこないドラマは、生きとし生けるものとしての、実存がない。実存の人間関係の周りで、何億年もの虫の実存がある。虫が苦手で嫌いな人の割合と、人間性の低下とは、比例する。

蛾は何故いるのか？　蛾がいて蝶がいる。蛾を見て分かることがある。

人間と虫との関係。

虫のいない生活。楽しく笑っていても、それは不安と恐れである。

人間、最後まで完成されない。

笑って死んでゆくのは、虚栄心である。

親子の絆。

親子の絆が人類の歴史を作ってきたと言っても過言ではない。

父親が娘を思う気持ち。母親が息子を思う気持ち。親が子を思う気持ち。それに勝るものはない。ただ、世の中では、目を覆うような、信じられないことが、時として起きる。

確かに縁というものがある。
男女は出会うべき時に、出会うべき場所で、出会う。
杏奈と定一は出会った。
杏奈は壮絶ないじめを経験している。
それから、実の父との血生臭い、肉体関係。
富山には戻れない。いや、決して、戻らない。
母との確執。母は完全に精神を病んでしまった。
家族が潰れた。
杏奈が原山アパートに住んでいることを知る親族はいない。
杏奈には本能としての子育ての欲望がある。
杏奈にとって、琴音との出会いは大きかった。

杏奈の心は細くて丈夫な紐で、固く縛られている。
琴音も病んでいる。杏奈は琴音の病が、直ぐ分かった。
家族から逃げるのは容易ではない。
杏奈と琴音は、戦友のようなものである。
合コンで知り合った男性と付き合っても、上手くいかない。
『サダイチさん』
杏奈の心も決まっている。
二人が好きでも、上手くいくとは限らない。
まさに、ロミオとジュリエットである。
恋をすれば結ばれるというものではない。
本当の恋ほど難しい。

定一は手紙を書いた。
杏奈は泣いた。幸福は遠い。そう思って泣いた。
一人の女が幸せになる。

それは、つらい事だった。
定一は、杏奈に惚れているが、それは恋文と言えるようなものではなかった。
杏奈も手紙を書いた。こんなに近くにいるのに手紙を書いた。
二人の不思議な文通が始まった。
杏奈は中絶している。実の父の子である。
大の大人がアパート内で文通している。
郵便配達員の間でも噂になった。

正直とは何だろう。
正直と素直は違う。
方言は正確には標準語には直せない。
言葉が違えば、意味も違う。
言葉が、すべてではない。

定一は手紙のやり取りをすること自体が好きになった。

杏奈は必死だった。

杏奈は医療事務をしている。

杏奈は文通しながらも、合コンにも出掛けた。

不思議なことだが、合コンで出会った男性と付き合い始めた。

これまで上手くいかなかった男性との付き合いが、上手くいくようになった。

杏奈は定一の中にある父性のようなものを、感じるようになっていた。

信頼できる父親がいる感じである。その安心感が、男性との付き合いに影響したのかもしれない。


杏奈は付き合っている男性からプロポーズされた。

杏奈には、結婚願望があり、直ぐにでも、「はい」と答える筈だった。でも、できなかった。杏奈の心を、激しい苦しみが襲った。二つの心の葛藤は、凄まじく、杏奈は今にも、壊れそうだった。


杏奈は富山に帰りたくなった。

杏奈は親族に分からないように、先祖のお墓参りをした。富山は十年振りである。
杏奈は自分の心とは裏腹に、幸福にはなれないことに慣れてしまっていた。
真実の心は、細くて丈夫な紐で固く縛られている。
母が、自らの命を絶ったことを、杏奈は知らなかった。
付き合っている男性との縁談。
自分の本当の願いを殺して結婚する。
女は、生涯、自分の心を隠して生き続けることができる。
誰の子供が産みたい。
定一さんの子供が産みたい。
恋心と定一の中にある父性のようなものの温もりがひと塊になっている。
定一は杏奈が別の男性と付き合っていることを、まったく知らない。
まして、プロポーズされていることなど。
定一は正義感が強く、一本気である。
杏奈のすべてを包み込む包容力。
男とは何か。女を愛するとはどういうことなのか。

愛とは何か。
恋と愛は繋がっている。
一人一人が負う重荷。
何で、私だけが。

肉体とは何か。
染みと黒子と疣を治療して。
異次元の事柄が、同時進行する。
世の中、色んな事が、起きている。

富山を出てからの十年間、杏奈は普通を装っていた。
そもそも、普通とは何かが分からないが。
普通というのは、人の気持ちである。人のイメージである。
何か、普通というものがある訳ではない。
普通とは極端を嫌う日本人のバランス感覚である。

誰もが一人一人違う人生を送っている。
普通という便利な言葉があるだけである。
現実には、普通というものはない。
要は、必死に、この十年間、杏奈は生きてきた。
心は、泥水を飲んでいた。
魂が死んでゆくという経験をした。
生きながら死んでいた。
心の状態を悟られない生き方をした。
そして、普通に結婚する。
そして、家族にも悟られずに、生涯を暮らす。
そんなことができる筈もなく。

小説家が強者になることはない。
小説家が強者になったら、それはもう、この世は……。
物書きになると、自分のことが少し客観的に見えてくる。でも、もう書いてしまったものは仕方がない、とも思う。
物書きになると、人に寛容になる。
これを書き上げなくてはいけない。
いつ終わるのかも分からない。どこが終わりなのかも分からない。

雑木林を見ると、ほっとする。

これまで何とか生きてきた。特に思慮分別がある訳でもない。
四十年、五十年、六十年、七十年、八十年の人生経験など、物の数でもない。
小説はカオスである。
人間に圧倒される。観光地は苦手である。
一言も無駄にせず。皆、明確な個性がある。ハンディキャップは祝福である。
この厳しい状況を乗り越えるために、これまで生きてきた。
どう生きようが、あなたの個性は輝いている。
あなたが、何かを書いてくれる、それだけでいいのです。

杏奈は母が入院している病院を訪ねた。
母の死を知った。
もう、限界だった。
杏奈は死ぬ力もなく、壊れた。
杏奈は、父との関係の前の状態に戻ったのかもしれない。
それは、退行ではなかった。
そこだけが、今の杏奈にとって唯一、いることのできる場所だった。
ただ、精神的な病の複雑さは分からない。
杏奈はしゃべれなくなり、病院に閉じ籠もることになった。
杏奈は失踪した形になった。
まったく杏奈は人との意思疎通ができなかった。
会話ができない。言葉を無くしてしまった。

時代に迎合すると、いつか飽きられる。

時代に迎合すると、時代に捨てられる。

ゼロから考え直す。

琴音は明るかった。

小学四年の時に、確かに、実の父から性的虐待を受けた。

その後二度と繰り返されることはなかったので、それは夢だったのかもしれない、とも思いたかった。でも琴音の心と体に刻印のごとく、それは刻み込まれていた。琴音も父も、そのことを話すことはなかった。父はとても後悔していると思う。これからも、どちらからも、決して話すことはないが、父に対する、ある距離感は、一生続くだろう。

杏奈は琴音の心の歪みに直ぐ気が付いた。杏奈と琴音は無二の親友のように、お互いのことを話すことができるようになっている。

杏奈が失踪してから一週間が過ぎた頃に、男が原山アパートを尋ねて来た。杏奈にプロポーズしている笹川優太《ささがわゆうた》である。杏奈は、大家には実家の連絡先を教えていた。
優太は富山の杏奈の実家に行った。杏奈とお付き合いをしていることを杏奈の父に話した。杏奈の父は優しかった。優太はこの人が義理の父になると思うと、杏奈との結婚を望む気持ちが更に強くなった。杏奈の父、宗一郎《そういちろう》は、杏奈にも優しかった。でもそれは、常軌を逸した優しさだった。そして、杏奈は宗一郎の優しさと執拗さに、抵抗する力を失っていった。宗一郎は、蝋人形のようになっている実の娘と、関係を続けていった。優太は何も分からずに、杏奈は母親が突然命を絶ったことに衝撃を受けて、一時的にしゃべれなくなったと理解していた。実は、宗一郎は、まだ、杏奈の病院にも行っていない。優太が杏奈と結婚しようがしまいが、それもどうでもよかった。妻が入院している時も、一度も見舞いに行くことはなかった。宗一郎は今、別の女性と暮らしている。ただ、優太は宗一郎が結婚に反対していないことで、とりあえず安心していた。そして、杏奈の状態を早く知りたいと思った。

面会は親族のみだったが、婚約者ということで、優太は特別に杏奈に会うことができた。精神科の病棟は、初めてである。鉄格子のような扉の中に案内された。一部屋の中に何人かの患者が共同生活をしている。時々、患者と思われる女性の奇声が聞こえた。

杏奈は床に座っていた。いつも、同じ所に座っているということだった。優太は杏奈を見て、何か、恐怖心のような、怯む気持ちが襲ってきた。杏奈は無表情で座っている。スッピンの無表情の女性が、あの杏奈だとは。優太の心は、寒々として、これは、ただごとではなかったと、実感した。元々杏奈には深刻な精神的な病があったのかもしれない。人としては分からないが、女としては、杏奈は終わっていた。

担当医の部屋で、今後のことについて聞いてみた。担当医の口ぶりから、何か、婚約者にさえ言えない深刻な理由があるのかもしれないと、心の中に、そのような思いが過ぎったが、それを突き詰める気にはなれなかった。これも人生勉強だ。速やかに、杏奈からは離れよう。そう、決心した。優太はもう宗一郎にも会わずに富山を離れた。まだ耳の奥で、病室の女性の奇声が残っていた。確かに、自分は杏奈にプロポーズしたが、婚約した訳ではない。そう自分に言い聞かせた。

定一と琴音は、それぞれ別々に、杏奈の実家の連絡先について、大家に聞きに来た。

宗一郎は、母親が自殺して杏奈がしゃべれなくなり入院していることを、大家に話していた。大家は定一と琴音を一緒に呼んで、聞いていることをすべて話した。定一は、杏奈が、お母さんが自殺したことがショックでそうなったと思うしかなかったが、到底納得できなかった。

琴音は杏奈の状況が理解できた。琴音は悩んだ。大家が、杏奈の事を説明している時の定一の反応から、定一が杏奈のことを好きだということが、伝わってきた。琴音は杏奈と定一が、文通していることも、杏奈が定一に思いを寄せていることも、知らなかった。杏奈は定一のことを、琴音にも、話すことはなかった。それ程、杏奈の葛藤は深かった。

琴音は、定一に杏奈の過去のことを、即ち、杏奈と杏奈の実の父との関係について、話すべきか、悩み抜いた。

『生きとし生けるもの——』と、心の中で琴音は叫んだ。

『定一さんしか杏奈さんを救える人はいないのでは』

そんな、途方もない考えが浮かんでいた。定一さんに杏奈さんの過去を話したら、定一さんはどうするだろう。分からなかった。

琴音は大家に、いつも皆が集まる部屋に、定一と二人で話をさせて貰えるように頼んだ。大家の家は、アパートに隣接する一戸建で、親睦会は大家の家で行われていた。大家は琴音と定一が二人で話すことを承諾してくれた。

琴音は、杏奈の過去について、知っていることを、すべて話した。

定一にとって、それはショックを超えていたが、杏奈に対する気持ちに変わりはなかった。

定一は隠れキリシタンの本を読んだことがある。

自分自身の罪と、人々の罪を感じた。

罪の意識はリアルな体験だった。

定一は苦しんだ。

自分は、杏奈の父を許すことなどできるだろうか。

そもそも、許すとは、どういうことなのだろう。

そして、杏奈が癒されることなどあるのだろうか。

杏奈への狂おしく、ひたむきな思い。
杏奈が必要だった。
小難しい自分の言葉に、杏奈は丁寧に返事をしてくれた。
杏奈との文通の時間が幸せだった。
杏奈の文面から、杏奈は自分を嫌ってはいない。
ただ、何一つ、定一は杏奈に、言葉としての気持ちを伝えてはいない。

どこまで若く元気で生きられる？
刹那の人生を人は励む。
人類の歴史が刹那かもしれない。
刹那は永遠に似ている。
刹那は永遠かもしれない。
刹那に永遠を感じる。

定一も富山に向った。杏奈の父に会い、杏奈に会うためである。

「定一さんって、杏奈さんに会うために、富山に行ったんだって」

「二人は付き合っていたの？」

「定一さんの片思いだと、思うけど」


富山は美しかった。

杏奈の父は普通だった。

余りにも普通の人だったので、定一もただ、普通に会話するしかなかった。

原山アパートでは、時々、親睦会を開いていること、杏奈さんがいなくなって、皆が、心配していることを、杏奈の父に伝えた。

宗一郎は、わざわざ富山までアパートの方が来て下さったことに驚き、丁寧にお礼を述べた。そして、杏奈が突然いなくなった理由について改めて語り、心配をおかけしたことを、詫びた。また、杏奈が入院している病院名も教えてくれたが、親族以外の面会は難しいだろうと言った。それから、杏奈には婚約者がいることを話した。実際は、優太はプロポーズしただけで、杏奈は返事もしていない。宗一郎にとっては、それも、どうでもよいことだったのかもしれない。

定一は東京に向っていた。

富山は美しい。

こんな、美しい場所で、杏奈は信じられない苦悩の生活をしていた。

そして、その杏奈が婚約していた。自分は何も知らずに、富山まで来た。自分は何も知らずに、婚約中の杏奈に手紙を書いていた。婚約中にもかかわらず、杏奈は返事を書いていた。杏奈はどんな思いで、返事を書いていたのだろう。仕方なく、書いていたのだろうか。嫌々ながら、書いていたのではないだろうか。杏奈の心は、婚約者のことで、一杯だった筈だ。杏奈は、自分をからかっていたのだろうか。自分に気を遣ってくれてたのかもしれない。いや、元々、二股三股の女だったのかもしれない。色んな思いが交差する中で、杏奈の姿、手紙の文面が、心を巡っていた。確かに、これまでのこともあり、母の死はショックだったろう。しゃべれなくなるのも、無理はない。ただ、それが、すべてなのか。定一は杏奈の文面を思い起こしながら、杏奈が自分をからかったり、気を遣ったり、ましてや、嫌ったりしているとは、思えなかった。二股三股の女だったのかは、分からない。いずれにしても、宗一郎の言葉は、定一の心に刺さった。

杏奈には、婚約者がいる。杏奈の婚約者への気持ちは、真実なのか。杏奈は、本当の心を隠して生きてきたのでは。自分への杏奈の言葉が、真実ではないのか。自分への言葉が真実だと、思いたいだけなのかもしれない。ただ、杏奈と手紙の中で、気持ちを確かめ合ったことはなかった。本当に、あの杏奈が婚約しているのだろうか。直接、杏奈から聞いた訳ではないし、杏奈の父親が、そう言っただけである。

定一は、コンビニの駐車場に車を止めて、黒猫を眺めていた。黒猫に近づこうとして、車を降りた。黒猫も定一を見ていたが、定一が近づいてくると、立ち上がり、後ろを向いてゆっくりと歩き出した。定一は黒猫と同じスピードで黒猫を追いかけた。すると、黒猫はスピードを上げた。それを見て定一が止まると、黒猫も止まって、振り向いて、定一を見た。暫く二人は、見つめ合った。

婚約している女性に、自分の思いを伝える。少なくとも、杏奈は、まだ、結婚してはいない。結婚していない女性に、自分の思いを伝える。結婚式の時に、花嫁を奪ってゆく映画もあった。それに比べれば、まだ、なんてこともないのでは。ストーカーは相手が嫌がっていて、なんぼである。杏奈は自分を嫌ってもいないし、拒絶された訳でもない。何故か、定一の中から自分勝手な思いが、沸き上がってきた。


一目だけでもいいから、杏奈に会いたい。

定一は病院へ向って行った。

映画やドラマで流れていた音楽が、ラジオで流れている。

そして、それはもう私の曲である。


定一は担当の精神科医のいる部屋に案内された。

「親族以外の方の面会は禁止されています。金田《かねだ》さんとは、どんなご関係ですか?」

精神科医は、定一の風貌を見ながら言った。

定一は同じアパートの住人であること、アパートでは、時々、親睦会を開いていること、皆、杏奈さんのことが好きであること、そして皆で心配していること、自分は、皆を代表して来たことなどを、語った。しゃべっている時に、涙が定一の頬を流れた。

精神科医は、以前に来た婚約者と、定一から感じられる、伝わってくるものの違いに、驚いた。この男が婚約者以上のものであることは、明らかだった。

精神科医は、顔を上げて、壁のカレンダーの景色を暫く眺めて、それから、また定一の方を見た。

「金田さんは、何も話すことができません。あなたが知っている金田さんとは、まるで違う人物になっています。それでも、会いますか？」

定一は涙の目で、精神科医を見た。

「会わせて下さい」

精神科医は、落ち着いた表情で定一を見ながら言った。

「わかりました。ご案内します」

そこは、牢屋だった。

定一には牢屋にしか見えなかった。

精神科医は牢屋の鍵を開けて、定一を中に入れた。

牢屋の中には、五、六人の女性がいた。皆、患者さんだろう。

二人が中に入ると、女性の奇声が聞こえた。何を言ったのかは、分からなかった。

精神科医は床に座っている女性を手で示して、

「あそこに座っておられます。床に座られるので、床にマットを敷いたのですが、それでも直接床に座られるので、茣蓙を敷いたら、茣蓙に座られるようになりました。……それから、何日か前に、婚約者らしい人が来られましたが、五分くらいで、帰られました。私が言うことでもありませんが、あの方とは、今後も何もないと思います」

「三時間したら戻ります」

そう言って精神科医は、また牢屋に鍵を掛けて、出て行った。

『三時間？　そんなに長い時間？』

定一は不思議に思いながらも、座っている女性の方に近づいて行った。近づきながら、その女性が杏奈であることが分かったが、明らかに、正常な状態ではないことも見て取れた。定一は杏奈との距離が数メートル位になった所で立ち止まってしまった。

杏奈は、ベッドの横の畳一畳位の茣蓙の上に、胡坐を崩した形で座っている。背は壁に凭れている。上下のパジャマのような服を着ていて、裸足の足が見える。サンダルが茣蓙の横に脱ぎ捨ててあった。両手は、それぞれの足の上に、だらんと置かれている。杏奈は無表情で、何の反応も見せない。人としての生気がなかった。目は開いているものの、感情や意志が全然ないかのように、人としての表情は、すべて消え去っていた。

定一はこれ以上杏奈に近づくことに躊躇していた。杏奈には会ってはいけなかったのかもしれない。こんな姿を見られるのを、杏奈も嫌だろう。定一は、琴音の言葉を思い出していた。杏奈のこれまでの人生が、いかに、苦しくて、耐えがたくて、悲しくて、恐ろしいものであったのか、杏奈の表情が、それを物語っているようだった。定一は、もっと杏奈に近づきたい思いと、もうやめた方がいい、との思いで、葛藤していた。暫くその場に立ちすくみ、杏奈をこれ以上見ることに、罪悪感を抱いた。杏奈にとっては、決して見せたくはない姿だ。

その葛藤の中で、杏奈に近づきたい思いが、定一を前に押し出していた。定一は茣莚に膝を突いた。今にも、杏奈が何か反応するのではないかと、その時の心構えをした。でも、何も起きなかった。こんなに人が近づいても、何も反応しないことが、定一には信じられなかった。杏奈は見えているので、人がいることに気付かない筈がない。杏奈は、何故、何も反応しないのだろう。今、何を感じているのだろう。目の前に自分がいるのに。これが、病と言うことなのか。自分も精神科に通院しているが、目の前に起きていることが、信じられなかった。

直ぐ側に杏奈がいる。杏奈の息遣い。杏奈の臭いがする。

通常は耐えられない臭いである。

定一は、臭いに耐えた。

杏奈が原山アパートに移って来たのは、一年前だった。その頃から、杏奈は溌剌としていた。珍しく定一が親睦会に参加した時も、明るく、定一に話しかけてくれていた。杏奈の知的な雰囲気と美しさに、定一は魅了された。その時のことを思い出していた。

定一は、ゆっくりと、杏奈を凝視し始めた。裸足の足の裏が、少し汚れている。顔を近づけると、伸びた爪が指の先に見える。少し親指が内側に変形していて指紋が渦巻いている。足の裏から指の形を暫く見つめた。足の甲と踝と少し見えているすねは、白くて、眩しい。膝の辺りに、杏奈の手がある。手の甲と指の形が綺麗だ。いくら杏奈の手を見ていても、動かない。こんなに見つめ続けていても。マニキュアが剥げた爪が、生々しい。視線でお腹や腕をなぞってゆく。胸元に少し鎖骨が見える。左の鎖骨に小さな黒子があった。ショートカットの髪が、所々、玉になっている。髪の毛の隙間に耳が見える。耳朶を暫く見ていた。それから、化粧をしていない杏奈の顔を丹念に見始めた。肌の表面、肌の色を、凝視した。肌の細かな凹凸。鼻の小さな毛穴、唇の細い溝、睫の一本一本。眉毛が何本か、別の方向に跳ねている。そして、黒い瞳。杏奈の黒い瞳を見続けた。そして、更に、黒い瞳に近づいた。杏奈の瞳に定一の顔が写っている。

明らかに、目の前にいる杏奈は、自分が知っている杏奈とは違っている。目が違う。精神科医は、まったく違う人物になっていると言った。杏奈を直視することに罪悪感のような戸惑いを感じながらも、定一は杏奈を見続けた。

もう、これは、この目の前にいる人は……。定一は、杏奈への思いが、恋愛から、何か、生きとし生けるものとしての、人の存在への畏敬の念のような気持ちに、落ちてゆく感じがした。落ちてゆくとは、元々心の底にあったものに行き着いた感じである。

パジャマに食べ物と汁の跡がある。パジャマは、何日で替えるのだろう。トイレはどうするのだろう。お風呂は……。

心が止まると、すべてが止まる。

男と女も、互いの肉体を必要としている。

肉体のない恋愛は存在しない。

定一は不思議な寛ぎを感じ始めていた。定一も靴を脱いで、胡坐をかいた。もう、何が起きてもいいと思った。杏奈が叫び出すことは、ないだろう。時々、女性の奇声が聞こえている。

杏奈は、涙すら涸れ果てているのかもしれない。そう思うと、定一の目からは、涙が、溢れてきた。これまで杏奈が流してきた涙と同じだけの涙を流そう。定一は、杏奈の悲しみを身に受けたのかもしれない。定一は、溢れる涙を拭いもせず、杏奈を見続けた。

どれ位の時間が経ったのだろう。

杏奈のすべてが愛しかった。

いつまでも、杏奈を眺めてられる。

マニキュアが剥がれた指を、また、見つめていると、杏奈が指に力を入れたのが分かった。杏奈の顔が、動いている。視線が動いている。自分を見ているような気がする。定一は何を言っていいのか分からずにいたが、自然と感じ始めた正直な思いを声に出した。

「……杏奈が……肉の塊になっても……杏奈を愛している」

笹川優太が来たことも、杏奈は分かっていた。優太には、謝るしかない。愛があるから、人は傷付く。杏奈は泣けなかった。いつまでも定一の視線を浴び続けていたい。このままで定一が帰ってしまったら、私は一生ここで暮らすだろう。定一の言葉が蜃気楼のように、遥か彼方に浮かんでいる。定一の言葉まで泳いで行きたかった。必死で泳いでも溺れてしまう。海底に沈んだ自分の遥か上の海面に、定一が見える。奇跡など起きない。母も病んで起きなかった。死よりもつらいことがある。死ぬことよりも悲しいことがある。私には死ぬ力さえも、残ってなかった。でも、幼い時の魂の光に、定一が語りかけている。

やはり、杏奈は定一を見ている。

定一には、杏奈が自分を睨んでいるように見える。

杏奈は、これまで押し殺していた、心の中に封印していた、あらゆる感情と思いと願いを、解き放とうとしていた。

杏奈の顔が少しずつ、泣き顔のような、鬼の形相のような、顔面が崩壊していくというか、言葉では表現できない様相を呈してきて、睨むように定一を見続けている。定一も杏奈を見続けた。何か、地獄の底から、強い意志を持って、杏奈は語りかけている。定一は、杏奈の意志に共鳴して、体全体が、燃えるように、熱くなっていた。

杏奈の顔が、泣き顔のような、鬼の形相のような、顔面が崩壊していくというか、そのような状態で、静止した。時間が止まったかのようである。勢いよく回る独楽が、そこに止まって見えるように、杏奈の顔が静止している。杏奈の中では、途轍もない戦いが、起きていた。杏奈の心を縛る固い紐を解き放つ戦いだった。それが、どれくらい続いたのか、おそらく数十秒、いや、数秒かもしれない。定一は、杏奈を見つめながら、杏奈の魂と自分の魂が一つに成るのが分かった。

時間が、また、進み始める。

杏奈の泣き顔のような、鬼の形相のような、顔面が崩壊していくというか、そのような状態が、ピークに達して、一瞬、頬が緩み、目の表情が変り始めた。顔全体に血の気が差してきて、薄皮を剥がすようにというか、少しずつ、表情が和らいでゆく。

定一は杏奈の目が優しい眼差しに変化し続けるのを、見続けた。

杏奈の顔は、この世のものとは思えない、満面の笑顔になっていった。

定一は、この奇跡とも思える光景に、我を忘れた。

杏奈は最高に綺麗だった。

杏奈は満面の笑顔から、

「来てくれて、ありがとう。……ごめんなさい。綺麗じゃなくて。……さだいち」

その声が、いつもの杏奈の声ではなかった。こんなに、可愛い杏奈の声を、定一は聞いたことがない。可愛い声で、杏奈に呼び捨てにされた喜びと、杏奈が話した喜びが、重なって、この世のこととは思えない幸福に、定一は、満たされた。

「さだいち」

と、また、杏奈が言った。杏奈は、まるで、少女のように、可憐だった。

実は、杏奈は、十六才の杏奈に、戻っていたのである。十六才から、父との関係が、始まった。本当は、杏奈は繊細で、感じやすい性格だった。父との関係が始まって、十六才の杏奈を封印した。強くて、知的な杏奈は、始まってしまった、信じられない現実から、本当の自分を守るために、作り上げた人格だった。これが、多重人格なのかどうかは、分からない。強くて、知的な杏奈も、十六才までの、繊細で感じやすい杏奈も、杏奈であることには、違いはなかった。まったく別の人物になった訳ではない。十四年振りに、十六才の杏奈に戻ったのである。二人の杏奈は、お互いのことを、認識できた。十六才の杏奈も、その後の杏奈も、心は同じだった。

杏奈は、アパートに戻って来た。
しゃべれるようにもなり、職場にも復帰した。
メイクもばっちりである。

定一は、二人の杏奈を愛した。一度に二度美味しいなどと、不謹慎な思いを抱くのは、厳に慎まなくては、ならない。杏奈が、これからも、二人の杏奈のままなのかどうかは、分からない。そして、定一と杏奈は、結婚を考えている。杏奈の心の傷が、完全に消えた訳ではない。それが、一生続くのかどうかも、分からない。定一の就職も、決して、甘くはないだろう。ただ、二人は、幸せだった。

「定一さんって、富山の病院まで杏奈さんに会いに行ったんだよね」

「今までの定一さんからは、考えられないよね。恋の力って凄いね」

「人間って、どこで、人生が、大きく変わるのか分からないですよね。不思議な力が働くのかなぁ」

「大家さんが、怪しくない？」

「大家の何が怪しいの？」

「だって、親睦会って、何なの？」

「だから、アパートの住人の親睦を深めることでしょう？」

「何のために？」

「何のためって、それは、住人が仲良く暮らせればいいからじゃないですか！」

「だって、今時、そんなことないでしょう？」

「だから、そこが大家の良いところじゃないの？」

「でも、大家って、何か変ってない？」

「そう、確かに、ちょっと、得体が知れないわね」

「大家って、未来人じゃないかしら？」

「未来人？　未来人は来てないんでしょう？」

「だって、杏奈と定一の運命を変えたでしょう？」

「え？　杏奈と定一の運命は変えられたの？」

「本当は、杏奈の未来はみじめなものだったそうよ」

「何で、そんなことを知っているの？」

「大家がそう言ってた」


確かに、杏奈の人生は定一と出会って、大きく変った。富山での杏奈の生活は、小説では書けない、むごいものだった。確かに、定一と出会っていなかったら、口が利けなくはならなかったかもしれない。でもそれは、杏奈の本当の心が解き放たれるためには、必要なことだった。もし、杏奈が定一と出会っていなかったら、十六才の杏奈に戻ることは、二度となかったであろう。

定一と出会わない、つまり、未来人から運命を変えられない杏奈の人生は、自分の心を隠して生き続ける人生だった。そして、その人生では、五年間に三度離婚して、自殺している。

考えるな、感じろ、と言う。
でも、それは、分裂である。
「考える」と「思う」と「感じる」は、同時である。
人は、瞬時に、すべてが機能する。
人の存在そのものが、奇跡である。
瞬時に、すべてが機能しない時、人は病む。
分裂してはならない。

小説を書いているということで、ほっとする。
ひとつの小説が、完成することなど、あり得ない。
締め切りがあるのは、そのためである。
そして、それが小説家の潔さである。

失恋は、唯一の恋に出会うための試練になり得る。

「恋愛経験を積めば積むほど、人は、退化してゆく。そして、最終的には、それが、人類の滅亡をもたらす」

「それは違います。恋愛は、色んな人と付き合って、失恋もして、そして、人としても成長して、本当に、自分に合った相手と巡り合って、結婚する。そういうものでしょう？」

「そういう恋愛だと、人類は滅びるしかありません。真実の恋は、永遠の中で、一回だけです。恋愛を重ねれば重ねる程、人は、人として、劣っていきます」

「いやいや、そんなことはない。絶対に、そんなことはない。断言できます」

「君が断言しようが、これは、真実なんです」

「いや、それは、あなたが作った真実だ」

「うん。まぁ、そうやって、反発することは、良いことなんだけれどね」

「何が、良いことなんですか？」

「うん。反発している内は、大丈夫なんだ」

「だから、何が、大丈夫なんですか？」

「心が、低次元の領域に染まってしまうと、もう、反発もしなくなる」

「低次元の領域？」

「本来、人は、永遠と呼んでいる領域と繋がっている。それが、恋愛を繰り返していると、繋がらなくなるんだ」

「……何か分からないな……いつも、あなたの言うことは」

「恋愛経験の多さは、人としての成長にはマイナスなんだ。恋愛経験を積めば積むほど、男としての質、女としての質は、低下する。真実の恋は、ただ一つだけ。それに、生きるのが、人、本来の、姿、なのだ」

「ふ～ん。この、同性婚も、日本で、認められようとしている時代に、前近代的なことを、いけしゃあしゃあと言って。現代は多種多様な恋愛を謳歌する時代なんですよ」

「まぁ、君は、納得できないと思うけど、話を進めると、アダムとイブも複数の人と付き合って、結婚していない。アダムとイブは、唯一の恋に生きた。これが、恋愛の原点なのだ」

「アダムとイブ。よその国の宗教だし、旧約聖書の世界だし、実際に、アダムとイブが、いたかも分からないいし、いたとしても、その時は、アダムとイブ、二人しかいなかったし」

「すべての宗教は、繋がっている。聖書の世界は、本当に起きたことなんだ。確かに、その時には、アダムとイブ、二人しかいなかったが、たとえ、何人いても、アダムとイブは結ばれていた」

「アダムも、複数の女性がいたら、絶対に、目移りしていたと、思うよ。きっと、色んな女性と付き合っていたでしょう」

「そうならないために、永遠の中で、唯一の恋が、存在する」

「分かりました。あなたとは永遠に平行線だと言うことが、よーーく分かりました」

「恋愛を繰り返していることは、嘆かわしいことだ。恋多き女性は、哀れな女性だ。人は、純愛の尊さを、再認識する必要がある」

「でも、色んな恋愛を経験して、結婚も離婚も経験して、最後に唯一の恋に辿り着くこともあるんじゃないの?」

「それに、伴侶と死に別れて、再婚することもあるし」

「人妻に唯一の恋をしたら、どうなるんだ！」

「妻子ある男性に唯一の恋をしたら？」

「同性同士でもいいの？」

「失恋は、カウントされないんだよね？」

「そもそも唯一の恋って？」


質問は、果てしなく続いてゆく。


種の保存のためにも恋をする。

恋に忠実ならば、秩序が保たれる。

唯一の恋で生まれた子供を、同性のカップルが育てることもある。


唯一の恋に出会うまで、失恋を続けるのは、ある意味、理想的なのかもしれない。

でも、妬み嫉みで、人は殺し合う。

「確かに、人の前世はそれぞれなので、生まれた時から、人は違う。横一線ではない。人は前世からの課題と、それぞれが向き合うことになり、色んな人生を歩むことになる。私も、すべては分からない。ただ、私に今できることは、純愛の尊さを、回復することなのです」


唯一の恋を捨てる人間の罪は、重い。

杏奈への、定一の恋は、唯一無二の恋だった。定一は三十五まで、恋愛経験がなかった。

これから、恋愛経験のない大人が、貴重な存在になる。恋愛経験のない大人が、人類の未来を変える。

「人類の未来を変える？　どういう意味ですか？」

「定一が、杏奈の運命を変えたように、人類の未来を変えることができるのだ。恋愛経験がないということが、大きな財産になる」

「人類の未来を変えるとなると、ただごとではないな」

「そう、もう、この時代しかないのだ」

「この時代しかない？」

「そう、この令和の時代が、ラストチャンスなのだ」

「ラストチャンス？」

「未来を変えるラストチャンスの時代だということだ」

「まぁ、どうぞ、続けて下さい」

「このままでは、確実に人類は滅亡する。確かに、今後も、人類は、ＡＩ、バイオテクノロジーなど、目覚ましい発展を遂げる。しかし、間に合わなかった」

「間に合わなかった？」

「そう、滅亡を食い止めることは、できなかったのだ」

「はい、続けて下さい」

「ただ、自分たちの歴史の人類は、滅亡するが、過去を変えることによって、新たに、自分たちとは違う人類の歴史を作ることができるところまでは、何とか行き着いた」

「ふ――ん。どうぞ。どうぞ」

「そして、令和の初めまでは、どうにか遡れたんだ」

「何、要は、あなたは未来から来て、令和の初めからの、人類の歴史を変えようとしている。人類が滅びないために？」

「そういうことです」

「そして、恋愛経験のない大人が、人類の歴史を変えることができると」

「そうです。ただ、恋愛経験がないというだけでは、不十分です。純愛ができなければ、なりません」

「定一のように？」

「そういうことですね」

「でも、ただ唯一の恋をして、それを成就させることが、何故、人類の滅亡を止めることになるのですか？」

「それは、人間の真の幸福が、地球の生存性と、密接に関係があるからです」

「地球の生存性？」

「そう、地球も生きている。地球が生存し続けるためには、人間が、最高の幸福に至り続けることが、必須条件なのです」

「人間の最高の幸福は、純愛が成就することなんですね」

「まぁ、勿論、いろんな幸福感があるとは、思いますが、地球が生存し続けるためには、純愛の成就しかないのです。人間が地球の存続を脅かすならば、地球は、人類を排除することになります。これが、超科学が行き着いた結論なんです」

「超科学？」

「超科学とは、物理学、生命科学、ＡＩ等、あらゆる人類の英知が結集したものなのです」

「ふ〜ん。それで、恋愛経験のない、純粋な人が、純愛ができるように、働きかけているのですね」

「はい、もうそんなに、時間はありません。そんなに、遠くの未来から、私は来たのではありません」

「世界中に、あなたのような未来人がいるのですか？」

「いますけど、そんなに多くはいません。過去に来ることは、そんなに簡単ではありません。自分の一生を捨てることになります。私には、妻も子供もいます」

「今、ご家族は、どうされているのですか？」

「私のいた人類の歴史の人々は、もう、すべて、滅んでいます。先ほども言いましたように、私のいた人類は、間に合わなかったのです」

「……」

「実は、今、日本には、私が二人います」

「え？　あなたが二人いる？」

「そう、私とは別に、独身の科学者の私がいます。わかりますか？　どれほど、人類の滅亡が、近づいているのかが」

「今、あなたは、何才ですか？」

「何才に見えますか？　正確には分かりません。時間を超えて来たので、多分、中年か初老だと、考えて頂ければいいと、思います」

「あのう、これを聞いてもいいのか。どのように、人類は滅びていくのですか？」

「最近、想定外の自然災害が、起きていますよね。想定外の更にその上の災害が、これから起きて来ます。例えば震度七を遥かに超える地震が起きます。火山の噴火が、起きます。これまでとは、比較にならない規模の噴火が、起きます。最大風速が二百メートルを超える竜巻が、発生します。三十分に二百ミリの雨が降ります。そのような自然災害が起きると、災害援助自体が、機能しなくなります。また、サイバー戦争が更に激化して、情報がすべて信用できなくなり、大混乱になり、無政府状態に等しくなります。それから疫病も流行り、経済恐慌になり、世界規模の食糧危機も起きます。そのような状況の中で、世界戦争の危機と回避を繰り返し、やがて、戦争を回避することが不可能になります。核戦争も起きます。これ以上、話した方がいいですか？」

「いや、確かに、そんなことは起きないとは、言えない私達がいます。でも、温暖化を止めるのが、第一ではないでしょうか」

「温暖化も、人の心に根本原因があります。確実に、あなたがたの人類を救えるかどうかは、分かりません。でも、あなたがたが滅びたら、完全に、人類は、いなくなります。人類が、生き残るためには、人が、最高の幸せに至る割合を高くするしかありません」

「それが、純愛の成就になるのですね……」

「はい、これから、私は、もう一人の私に会いに行きます」

「……そういうことが、起きるのか……あなたが、もう一人のあなたに、会う」

「もう一人の自分は、驚くと思いますが、理解すると思います」

「あなたは、これから、どういう人生を送られるのですか?」

「私には、四次元の履歴があります。特に、引きこもりの中の、純粋な男性に注目しています」

「定一のような、男性ですね」

「はい、必ずしも、定一のように、旨くいくとは限りません。強制的なことは、何も、できません。ご本人の意志に基づいて、行動して頂くしかありません。私は、ただ、環境を提供するだけです」

「何故、男性に注目するのですか?」

「男性の方が、純粋性が強いからです。女性は、柔軟性が強いです。女性の方が、ある程度、何が起きても、柔軟に対応できますが、男性は女性ほど柔軟性がなく、母親の影響も受けやすく、引きこもりになる割合も、多いのです」

「私は、何をすれば、いいのでしょう?」

「良心を麻痺させないことです。お金の方を民主主義よりも、優先させないことです。今のこの世界は複雑化している、と言う学者は、使い物になりません。物事の本質は、単純で分かりやすいからです。何が、間違っているのか、何が正しいのかが、分からなくなったら、危険信号だと、思って下さい。何が正解か分からなくなったら、危機的な状況にあると、実感して下さい。『何が正解か分からない』と、多くの人が話すようになったら、滅亡が近いと考えて下さい。更に、多くの人が『正解なことなどない』と言い出したら、滅亡します」

〝友情以上恋愛未満〟から、世の中、おかしくなった。
本来、友情が、断然、上である。
〝人がその友のために自分の命を捨てること、これよりも大きな愛はない〟
と、聖書にある。

〈注解〉

＊人がその友のために自分の命を捨てること、これよりも大きな愛はない

日本聖書協会

ヨハネによる福音書　第一五章　一三節

著者プロフィール
渡辺 英（わたなべ すぐる）
中央大学理工学部中退
横浜放送映画専門学院卒
熊本市生まれ
熊本市在住

令和純情

2023年 8 月15日　初版第 1 刷発行

著　者　渡辺 英
発行者　瓜谷 綱延
発行所　株式会社文芸社
〒160-0022 東京都新宿区新宿1－10－1
電話 03-5369-3060（代表）
03-5369-2299（販売）

印刷所　株式会社フクイン

ISBN978-4-286-24405-1